召しませ、川柳　目次

召しませ、川柳

1. 三日月風味

ため息もきらめく　恋は恋として

三日月へ吊るすふたりの不完全

遠い日の恋は人魚になりました

後ろ姿も泣いている　遠くなる

恋人に運ばれてゆく夏銀河

靴紐のほどけてからは宙の色

包んでよ100パーセント綿素材

鬼ごっこ　油断をしてたのはアナタ

雪イコール清い、わけではないのです

流されることを選んだ星の群れ

月からの消印　退屈しのぎでしょ

わたくしの水はゆっくり遡る

ヘンゼルとグレーテルなり金曜日

新しい私になれるまで眠る

三日月の惨めな耳を翳りかけ

しなやかに忘れるためのカルシウム

お日さまをたっぷり含む平行線

一点が滲んで恋になりそうで

着陸も離陸も君を想う時

風に流されてそろそろ逢いましょう

迂回してみても私の靴音ね

本日の愛はサラリと目分量

三日月の形の嘘が好きでした

どこまでも私の空の意地っ張り

半月の光りに照らされよ命

H23・3・12 夜に

2. 虹色チョコレート

私からポロリと剥がれ落ちた恋

やわらかな罪を頂戴しています

お別れを白く包めば白うさぎ

新しい引き出し　キミを少しずつ

新神戸駅でうっかり出る涙

髪が伸びたねとアップルパイの日々

ブラウスの透けて私は誰でしょう

形いろいろ　ハッピーを抱きしめる

陰干しにするから恋が乾かない

夢ばかりくれる　私の流れ星

逢えそうで逢えない夜の積み木かな

今宵静かにスワロフスキーのさようなら

チョコレート夜の形で溶けてゆき

てのひらのうつつも春も流れゆく

ほろ苦い恋ならソフトフォーカスに

厄介な恋は柔軟剤仕上げ

孤独だねミックスベジタブルさえも

東京を空っぽにして旅人に

語り合う時　樹の声になりたくて

記念日のひとつが行方不明です

黙らせる鼻の高さは持ってない

へのへのもへじ二ン月のジェラシーね

平泳ぎしてこの星のやわらかさ

存じ上げません　ガラスの靴なんて

逢えた春　胸に浮かべておくからね

おしゃべりがしたい　みずうみいろの夜

ゆるされた入り江でお待ちしています

3. 今日のセロリ

真実は淡い小道具だとしても

隙間から手招きをする女神様

スパイスを並べて夜の始まりに

幸せな恋は毛玉になるんです

踏み込んできたらレモンを絞るから

ひとときを集合体として秋へ

ストライプ着て宇宙論男女論

その恋の種を食べてはいけません

いつまでも空を見てたい十二月

実ってるつもりの恋の柔らかさ

立ち上がったら誰かのために笑いたい

可笑しくて哀しい　パセリ噛みながら

期待しているから染まり始めたの

ターコイズブルーに恋を誘わせる

ゆらゆらと月の時間へ帰ります

小さめに光る私の恋ごころ

水溜り覗けば戻れそうな恋

マトリョーシカへ愛を囁いては駄目よ

コンバンハ淋しい人の積んだ愛

今日は今日のセロリ　偶像にも成れる

笑ったり　遥かな蒼を見つめたり

ひと色が足りず　恋には届かない

いいのです　風が吹いたら目を閉じて

この恋に尻尾が生えていたなんて

泣いてみせたのはあなたのためじゃない

再生の月が私のてっぺんに

電波塔　恋は容易いものとなり

行く先を告げて　愛とは違う場所

あとがき

第三句集となりました「召しませ、川柳」。お手に取っていただきありがとうございます。

川柳の道を歩み始めてから、およそ十五年の月日が流れました。相変わらず作句はとってもマイペースな私です。前回の句集発刊は二〇〇五年の冬でしたから、こうして作品をまとめるのはずいぶん久しぶりになりました。

巷には様々な〝川柳〟が溢れていますが、世の中の川柳に対するイメージには偏りもみられ、まだまだこの文芸の本来の魅力を広く知っていただけていないのが現状です。ですから、私のように日々川柳に携わっている者がきちんと伝えていくしかありません。このささやかな一冊を通じて、読者の皆様が少しでも、私の考える川柳の本来の魅力に触れていただければ幸いです。併せて、今回の句集発刊をひとつの節目と励みにして、これからの川柳活動が更に彩りのあるものになるよう取り組んでいきます。

そしてこれまで川柳界の諸先輩や愛好者の皆様にたくさん支えていただきましたこと、改めて感謝申し上げます。また同じ短詩型の仲間として、俳句・短歌にかかわる方々からも日頃から素敵なご縁と刺激をいただき大変嬉しく思っています。

最後になりましたが、この句集発刊にご協力くださった新葉館スタッフの皆様に心から御礼申し上げます。

二〇一四年　如月

やすみりえ

●著者紹介

やすみりえ／川柳作家

1972年生まれ。兵庫県神戸市出身。大学卒業後、本格的に作句をスタート。恋を詠んだ作品が幅広い世代から人気を得る。現在、各メディアの川柳コーナーや企業の公募する川柳コンテストの選者・監修を多数務める他、子どもたちに川柳作りの楽しさを伝えるワークショップや大人対象の講座を全国各地で開催。また、他ジャンルと川柳のコラボレーションも積極的に展開。文化庁文化審議会国語分科会委員。(一社)全日本川柳協会会員。川柳人協会会員。著書に句集「ハッピーエンドにさせてくれない神様ね」(新葉館出版)ほか「50歳からはじめる俳句・川柳・短歌の教科書」(土屋書店)の監修など多数。

召しませ、川柳

○

平成26年3月28日　初版発行

著　者

やすみりえ

発行人

松岡恭子

発行所

新葉館出版

大阪市東成区玉津1丁目9-16 4F 〒537-0023
TEL06-4259-3777 FAX06-4259-3888
http://shinyokan.ne.jp/

印刷所

株式会社アネモネ

○

定価はカバーに表示してあります。

ISBN978-4-86044-553-9